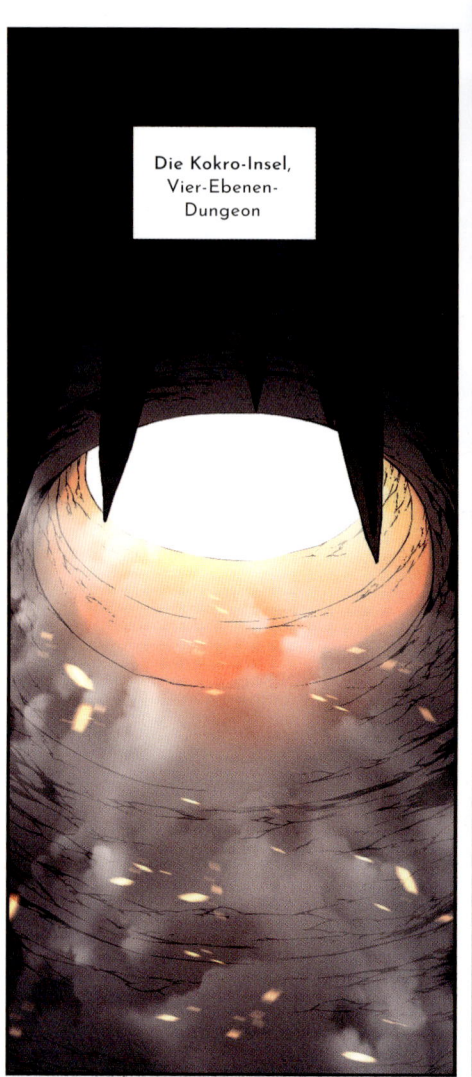

TSCHACK

TSCHACK

W... Was ist das für eine Rüstung?!

MURMEL

MURMEL

Soll das ein Scherz sein? Eine Einzigartige Rüstung?

Und der Schwanz...?

GNNH!

Das ist doch jetzt unwichtig!

Los, schnell, werdet ihn los!

Der Meister des Höllenfeuers, **Hell Gao**, ist erschienen.

»Hell Gaos Gebrüll« löst Furcht, Verwirrung und Lähmung aus.

...!

»Hell Gaos Hitze« reduziert die Flammenresistenz um 50 %.

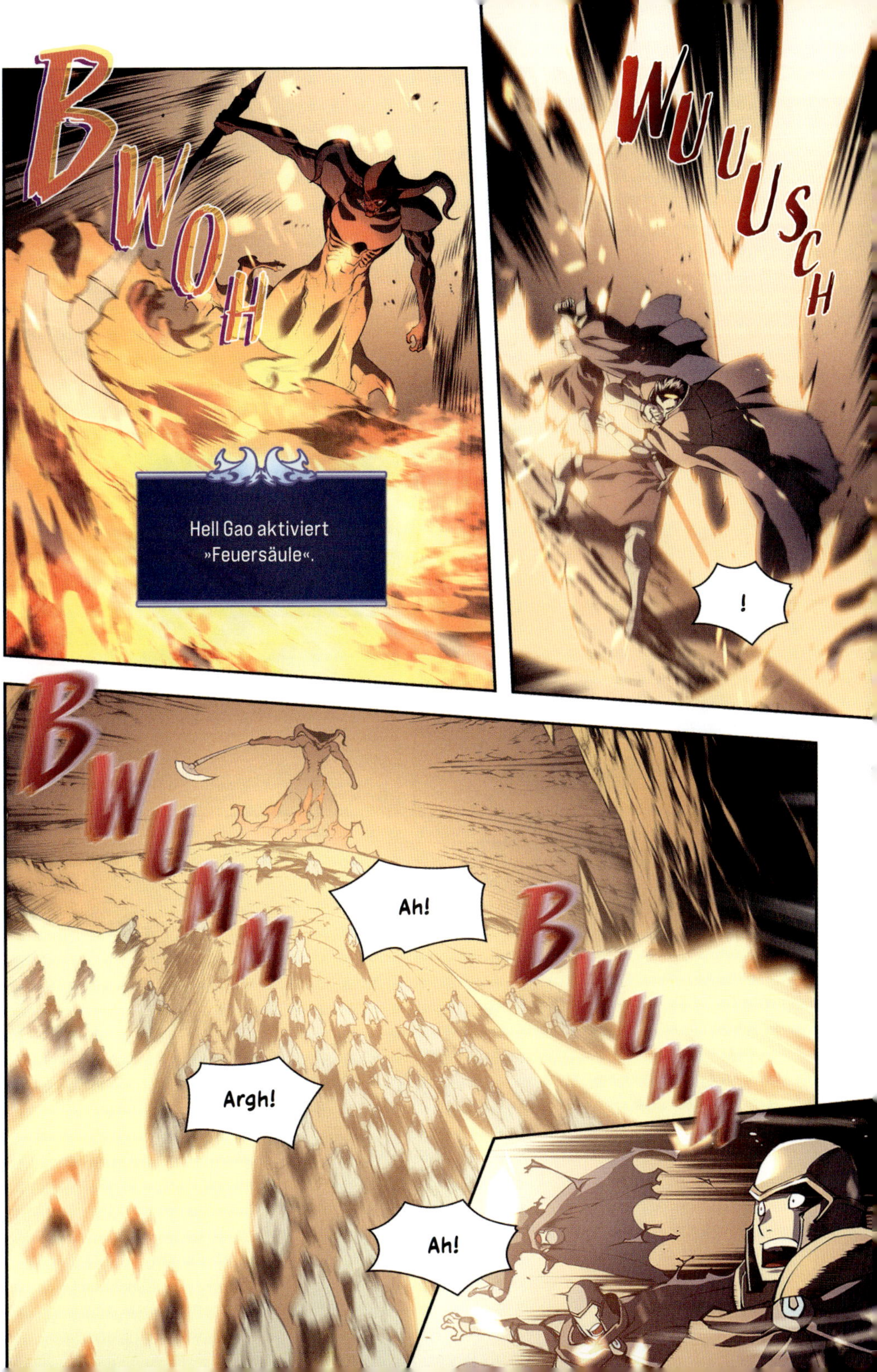

Doch er hat keinen einzigen Kratzer!

!

* Respawn: Nach einer bestimmten Zeit werden Charaktere und Monster wiederbelebt. Auch »Regeneration« genannt.

Eine Stunde zuvor

Pffffghh!

Eine L... Legendäre Klasse?!

Echt jetzt?! Das ist ein Manuskript, um in eine Legendäre Klasse zu wechseln?!

Dadurch kann man die besten Berufe erhalten!

Ach, vergiss es. Woran denk ich denn. Ich bin doch hier, um diese Quest fertigzustellen.

Es wäre echt nicht ratsam, die Quest jetzt einfach so abzubrechen.

„Aber das alles wird nun endlich ein Ende haben! Endlich kann ich mich von meinem Leben als Loser verabschieden!"

GWAPP

GWAPP

„Mama, Papa und Sae-Hee, ich habe es geschafft! Ich habe es endlich geschafft, durchs Spielen reich zu werden!"

Ich seh meine glorreiche Zukunft schon vor mir!

„Dann wollen wir das Ding hier mal verscherbeln!"

DING

Das Spiel kann nicht beendet werden.

„Log-out!"

„Hä?"

»**Der Zorn des Grafen (SS)**«
Graf Aschur hat mitbekommen, dass du das Item der Quest für dich beanspruchen willst. Geblendet von Zorn, wird er versuchen dich zu töten, um das Manuskript für sich zu beanspruchen.

DING

Im Ernst?!

Du hast dies alles dir selbst zu verdanken.

Ihr könnt mich mal! Ich habe all meinen hart verdienten Ruhm weggeworfen, um die Kosten für diesen Gegenstand zu decken!

Was für unnütze Ausreden.

Los, nehmt ihn gefangen.

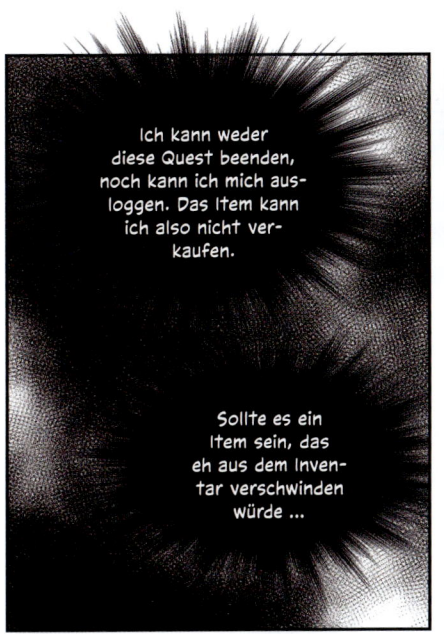

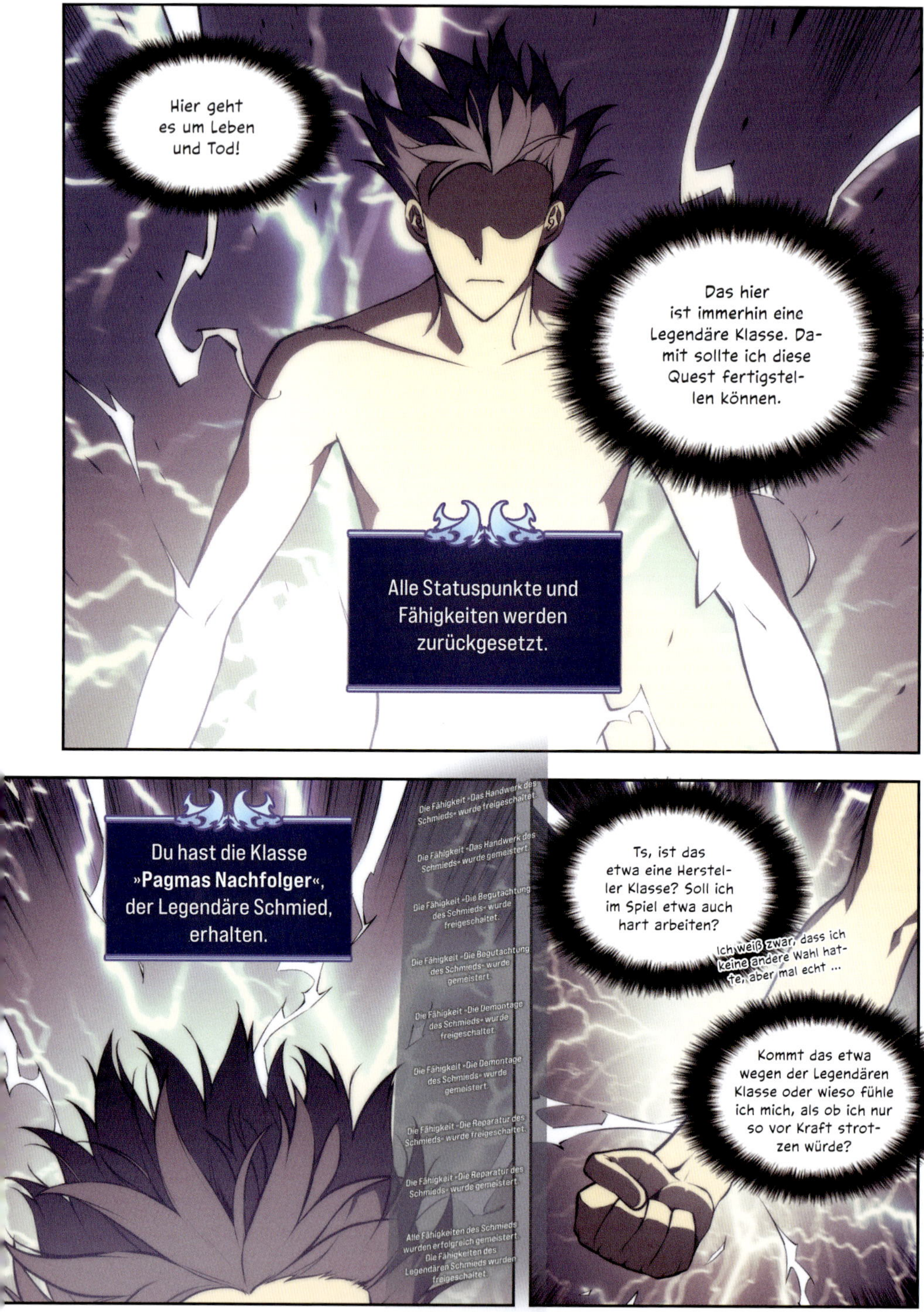

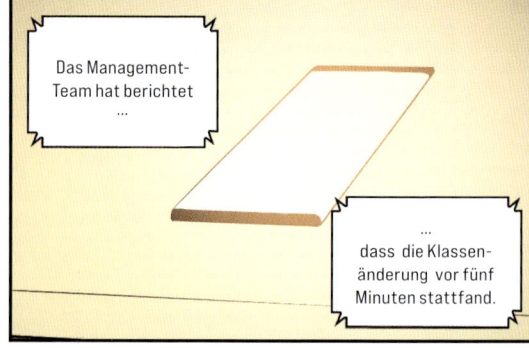

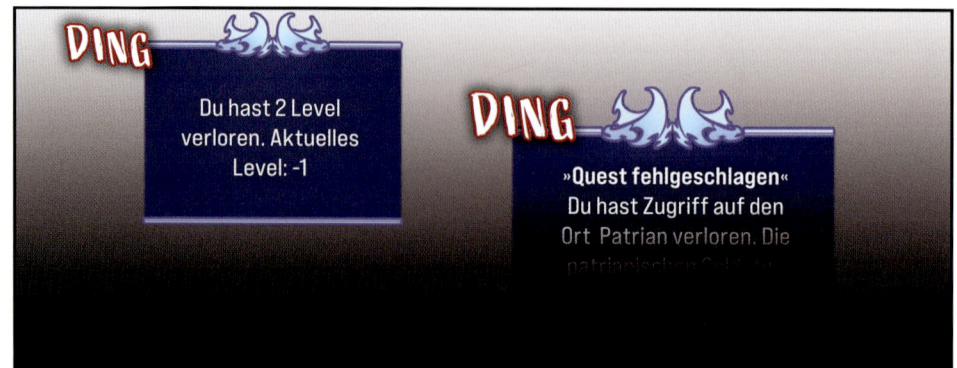

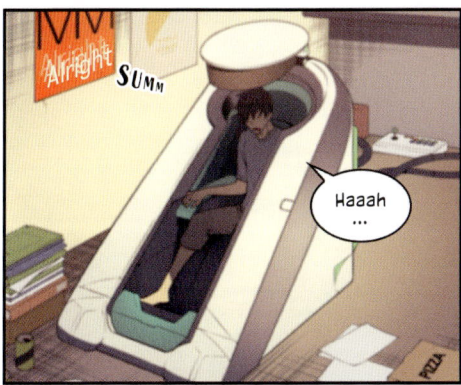

Außerdem ist da noch etwas.
Sein »Minus-Level«.

Normalerweise erscheint die Aschur-Quest erst vor Spielern ab dem Level 350.
Aber trotz seines niedrigen Levels konnte er sie aktivieren und hat das Buch geöffnet, aus Angst, es könnte von ihm genommen werden.
Als Strafe für diesen höchst ungewöhnlichen Klassenwechsel wurde sein Level auf Level 1 zurückgesetzt.
Darüber hinaus besagen die Regeln des Weiteren auch, dass man zwei Level verliert, wenn eine Quest fehlschlägt.

Ich werde alles geben ...

... um erfolgreich zu werden.

SUMM

Du hast dich mit *Satisfy* verbunden.

Lädt ...

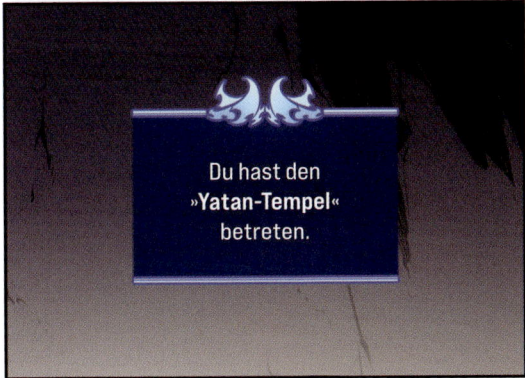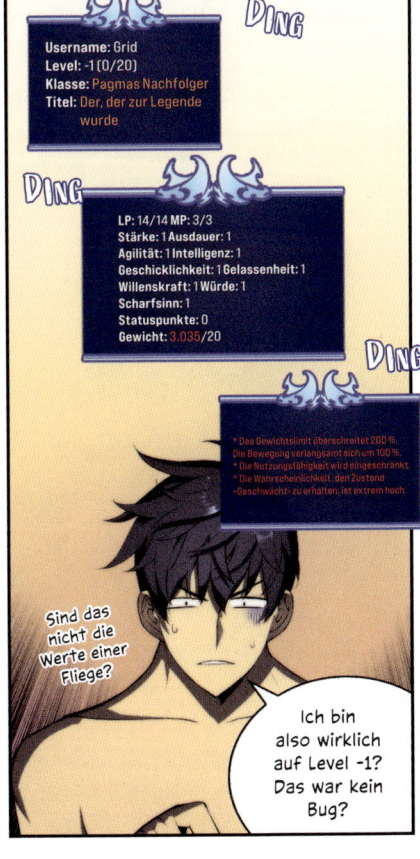

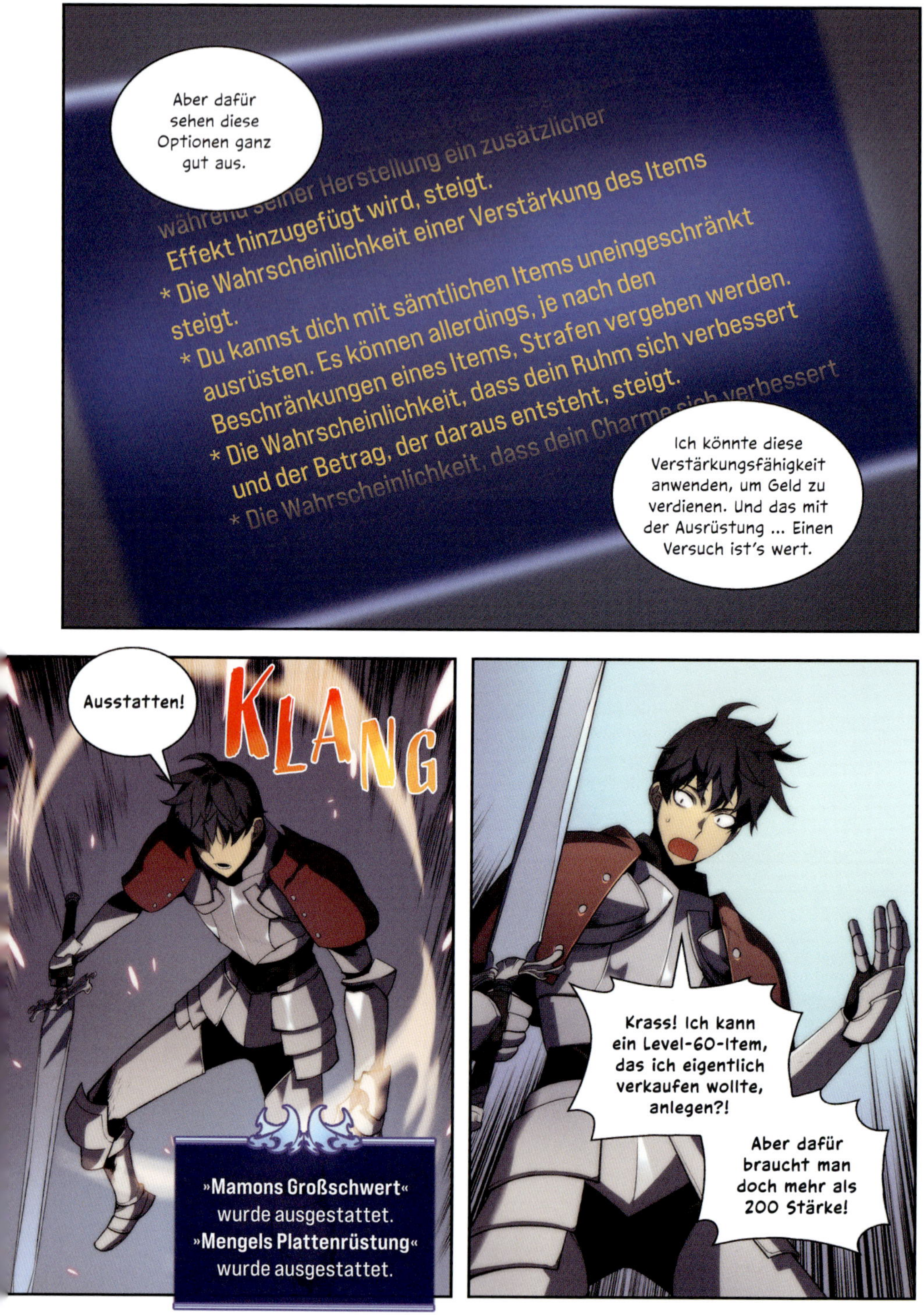

Aber dafür sehen diese Optionen ganz gut aus.

während seiner Herstellung ein zusätzlicher Effekt hinzugefügt wird, steigt.
* Die Wahrscheinlichkeit einer Verstärkung des Items steigt.
* Du kannst dich mit sämtlichen Items uneingeschränkt ausrüsten. Es können allerdings, je nach den Beschränkungen eines Items, Strafen vergeben werden.
* Die Wahrscheinlichkeit, dass dein Ruhm sich verbessert und der Betrag, der daraus entsteht, steigt.
* Die Wahrscheinlichkeit, dass dein Charme sich verbessert

Ich könnte diese Verstärkungsfähigkeit anwenden, um Geld zu verdienen. Und das mit der Ausrüstung ... Einen Versuch ist's wert.

Ausstatten!

KLANG

»Mamons Großschwert« wurde ausgestattet.
»Mengels Plattenrüstung« wurde ausgestattet.

Krass! Ich kann ein Level-60-Item, das ich eigentlich verkaufen wollte, anlegen?!

Aber dafür braucht man doch mehr als 200 Stärke!

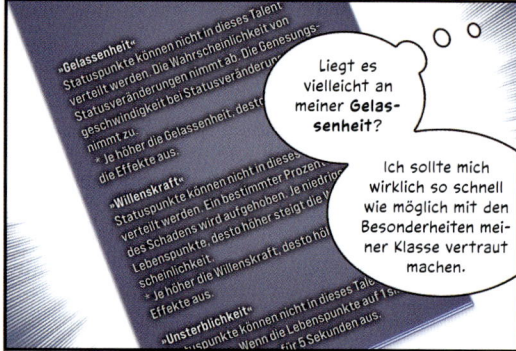

* 3.000 Gold = 2.500 Euro.

Wahnsinn! Er kann sich auf so engem Raum so schnell bewegen ...

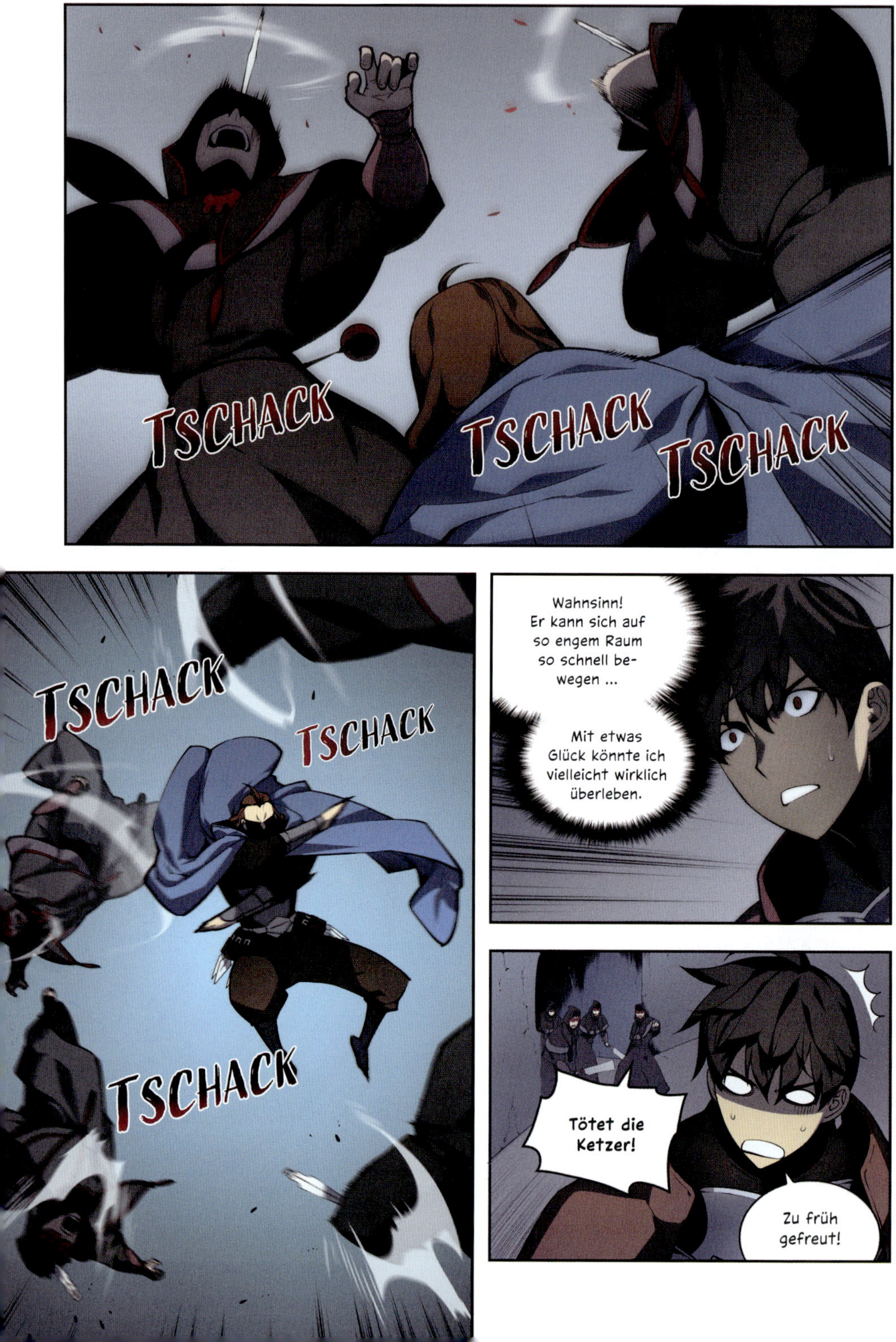

Mit etwas Glück könnte ich vielleicht wirklich überleben.

Tötet die Ketzer!

Zu früh gefreut!

Vernichtet diese Abtrünnigen mit eurer Magie!
GWOOOH
Gesegnete Seelen der Unterwelt, sammelt euren tiefsten Groll!

Was soll das denn für ein Zauber sein?
Wir dürfen sie den Zauber nicht fertig aufsagen lassen.

Ha ha ha! Hat dir das die Sprache verschlagen?!

BRITZ

Steims Schatten ... Doran ...

Ich vollende nun, was mir aufgetragen wurde ...

BRITZ

Und jetzt ...!

GROOOH

... als das Schwert, welches die Familie beschützt!

... gibt es kein Erbarmen!

W... Weicht aus!

Für euch Fanatiker, die es gewagt haben, Hand an die Familie Steim zu legen ...

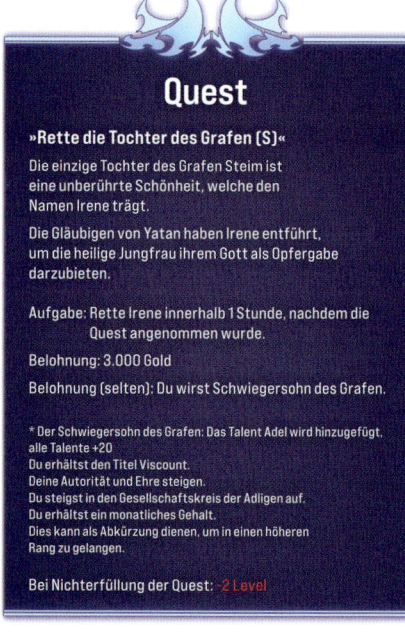

Status

Username: Grid
Level: -1 (0/20)

Klasse: Pagmas Nachfolger
Titel: Der, der zur Legende wurde
LP: 14/14
MP: 3/3
Statuspunkte: 0
Gewicht: 3.035/20

Stärke: 1+5 Ausdauer: 1 Agilität: 1
Intelligenz: 1 Geschicklichkeit: 1
Gelassenheit: 1 Willenskraft: 1
Würde: 1 Scharfsinn: 1

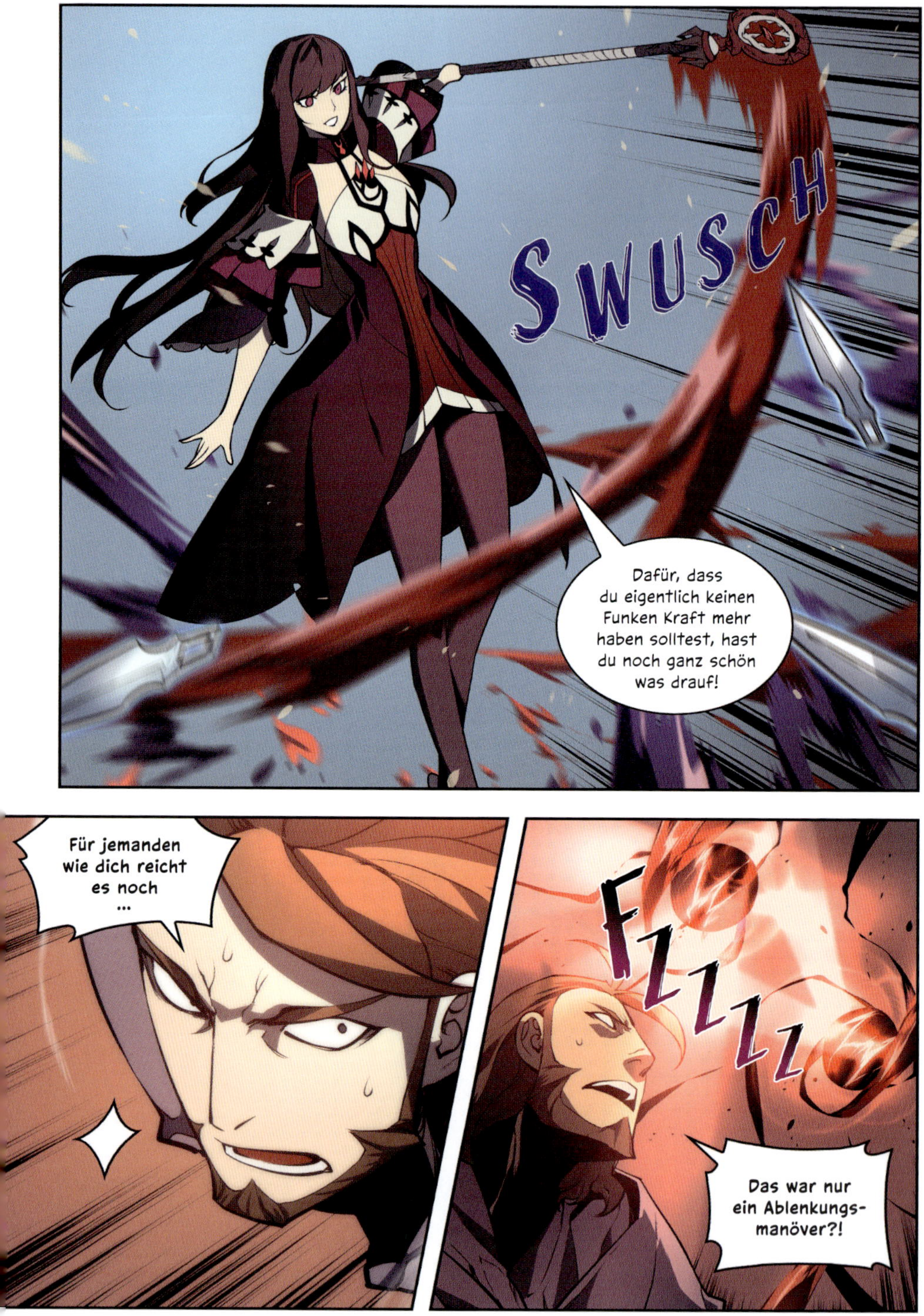

Uaaargh!

Das sieht gar nicht gut aus!

Wenn er stirbt, geh ich auch drauf!

Diese fortgeschrittene Fähigkeit hat mich 30 % meines Manas gekostet.

Das sollte ausreichen ...

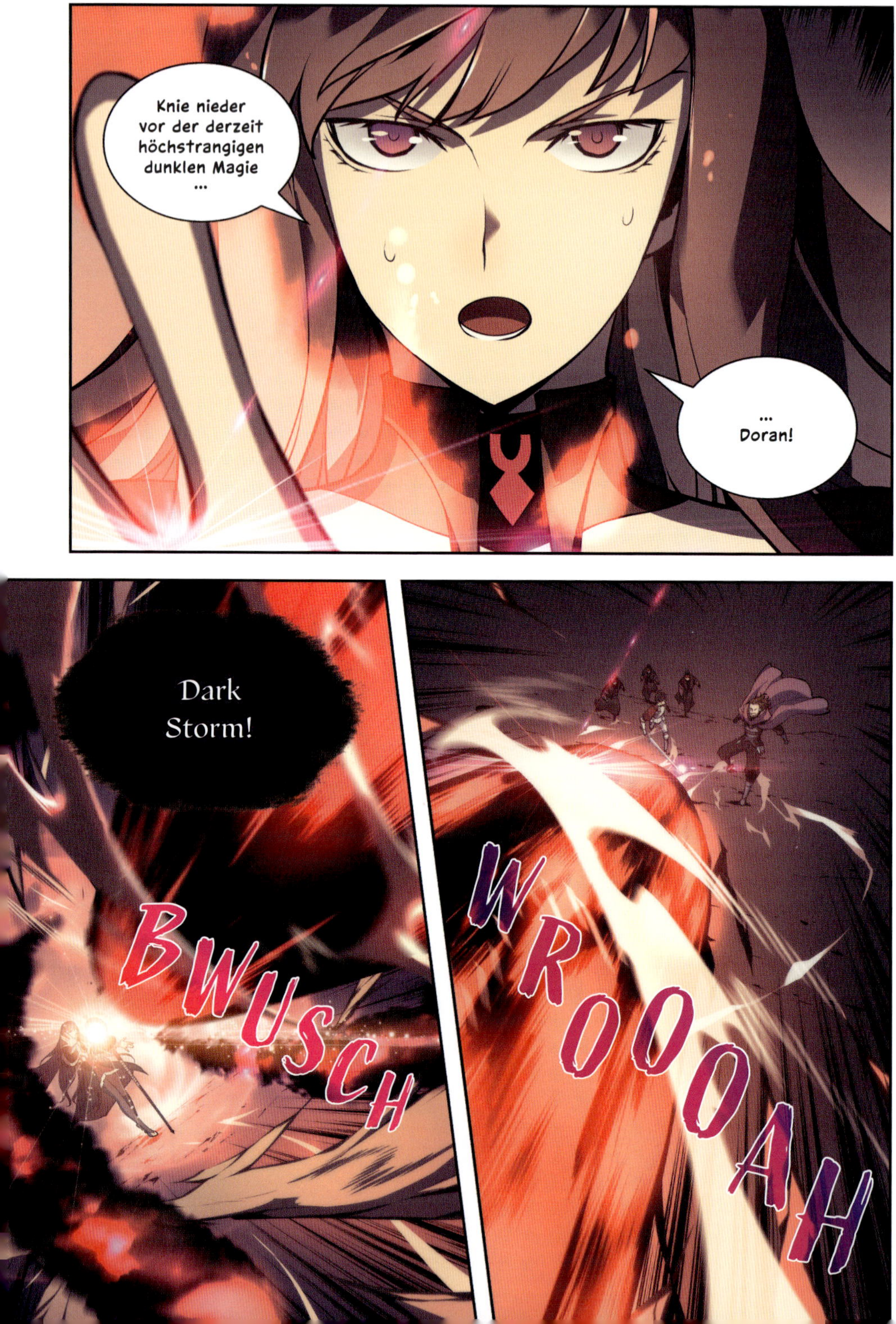

> Knie nieder vor der derzeit höchstrangigen dunklen Magie ...

> ... Doran!

Dark Storm!

BWUSCH

WROOOAH

Oh nein ...

Urgh! Du hattest also immer noch ein Ass im Ärmel!

Ich bin fast an meiner Grenze ...
Ich muss es schnell zu Ende bringen, bevor es zu spät ist!

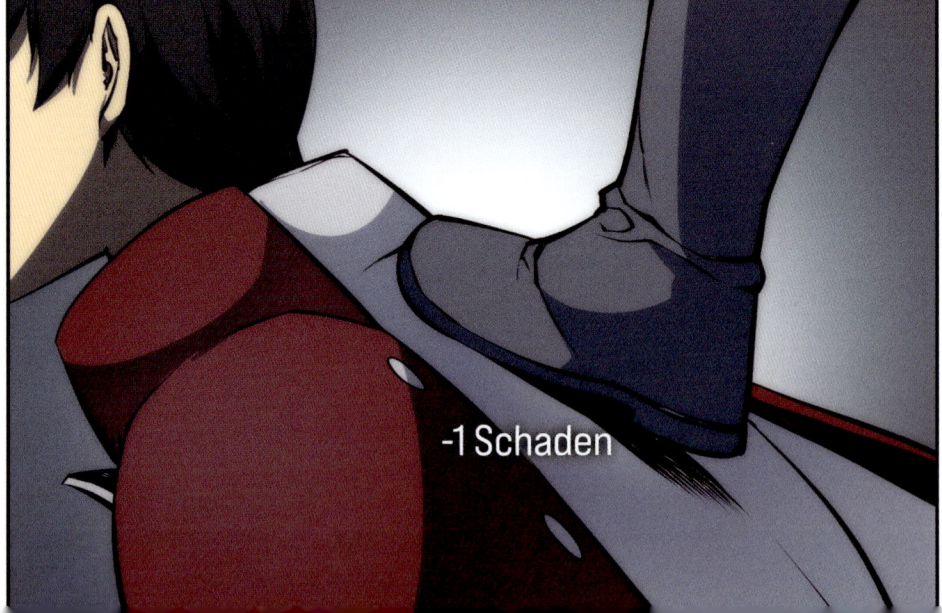

Hat er die Quest mir zuliebe aufgegeben ...?!

Was fällt ihm ein, mir gegenüber Mitleid zu zeigen ... Wie kann er nur?!

Das verzeih ich dir nie!

Am nächsten Tag wurde dem unbekannten Spieler von der Community folgender Name gegeben.

»Der Geist des Yatan-Tempels«

Doran, du Mistkerl! Erst zwingst du mich an dieser Quest teilzunehmen und dann tötest du mich?!

Sind die NPCs nicht dazu da, den Spielern zu helfen?!

Das ist alles nur wegen dieser Yura passiert.

Ohne sie hätte es ein so schönes Happy End werden können!

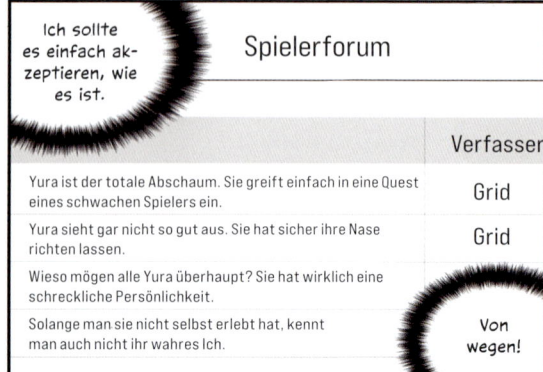

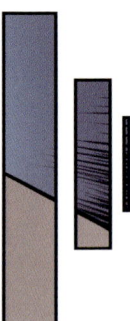

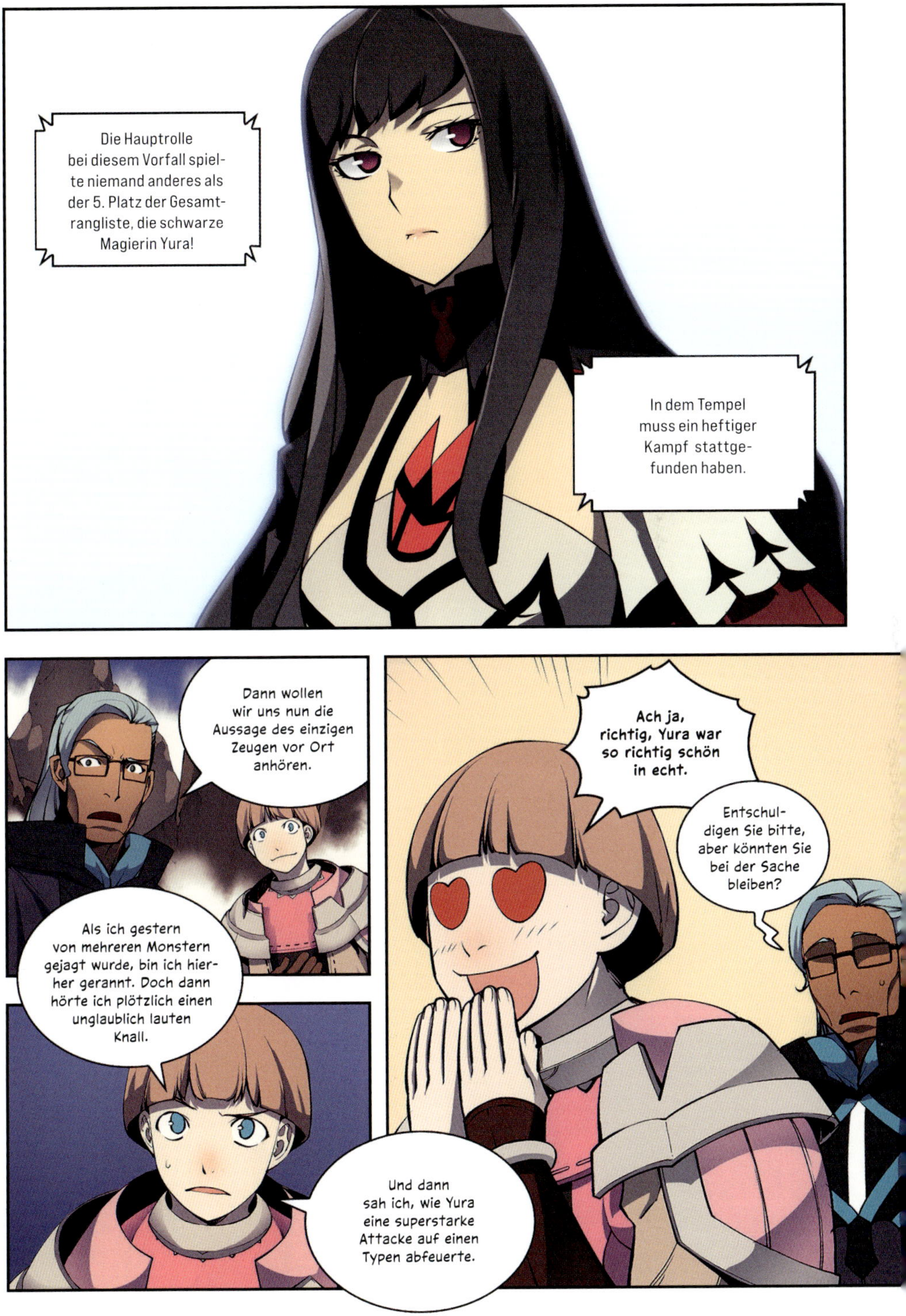

Die Hauptrolle bei diesem Vorfall spielte niemand anderes als der 5. Platz der Gesamtrangliste, die schwarze Magierin Yura!

In dem Tempel muss ein heftiger Kampf stattgefunden haben.

Dann wollen wir uns nun die Aussage des einzigen Zeugen vor Ort anhören.

Als ich gestern von mehreren Monstern gejagt wurde, bin ich hierher gerannt. Doch dann hörte ich plötzlich einen unglaublich lauten Knall.

Ach ja, richtig, Yura war so richtig schön in echt.

Entschuldigen Sie bitte, aber könnten Sie bei der Sache bleiben?

Und dann sah ich, wie Yura eine superstarke Attacke auf einen Typen abfeuerte.

Status

Username: Grid
Level: -3 (0/20)

Klasse: Pagmas Nachfolger
Titel: Der, der zur Legende wurde
LP: 14/14
MP: 3/3
Statuspunkte: 0
Gewicht: 3.035/20

Stärke: 1+5 Ausdauer: 1 Agilität: 1
Intelligenz: 1 Geschicklichkeit: 1
Gelassenheit: 1 Willenskraft: 1 Würde: 1
Scharfsinn: 1

* Die Wahrscheinlichkeit, dass einem Gegenstand während seiner Herstellung ein zusätzlicher Effekt hinzugefügt wird, steigt.
* Die Wahrscheinlichkeit einer Verstärkung des Items steigt.
* Du kannst dich mit sämtlichen Items uneingeschränkt ausrüsten. Es können allerdings je nach den Beschränkungen eines Items, Strafen vergeben werden.
* Die Wahrscheinlichkeit, dass dein Ruhm sich verbessert und der Betrag, der daraus entsteht, steigt.
* Die Wahrscheinlichkeit, dass dein Charme sich verbessert und der Betrag, der daraus entsteht, steigt.

---

* Das Gewichtslimit überschreitet 200 %. Die Bewegung verlangsamt sich um 100 %.
* Die Nutzungsfähigkeit wird eingeschränkt.
* Die Wahrscheinlichkeit, den Zustand »Geschwächt« zu erhalten, ist extrem hoch.

Fähigkeit

»Unsterblichkeit«
Wenn die Lebenspunkte auf 1 sinken, fallen alle Schäden für 5 Sekunden aus.
* Statuspunkte können nicht in dieses Talent verteilt werden.

Doran ist am Ende also gestorben.

Er ist zwar nur ein NPC, aber dennoch war er ein guter Kerl.

GRINS

Jemand Gutes, der über einen super Zauber-ring verfügte ...

Den hättest du mir auch geben können.

FWUPP

Egal ... Ich leg mich 'ne Runde hin.

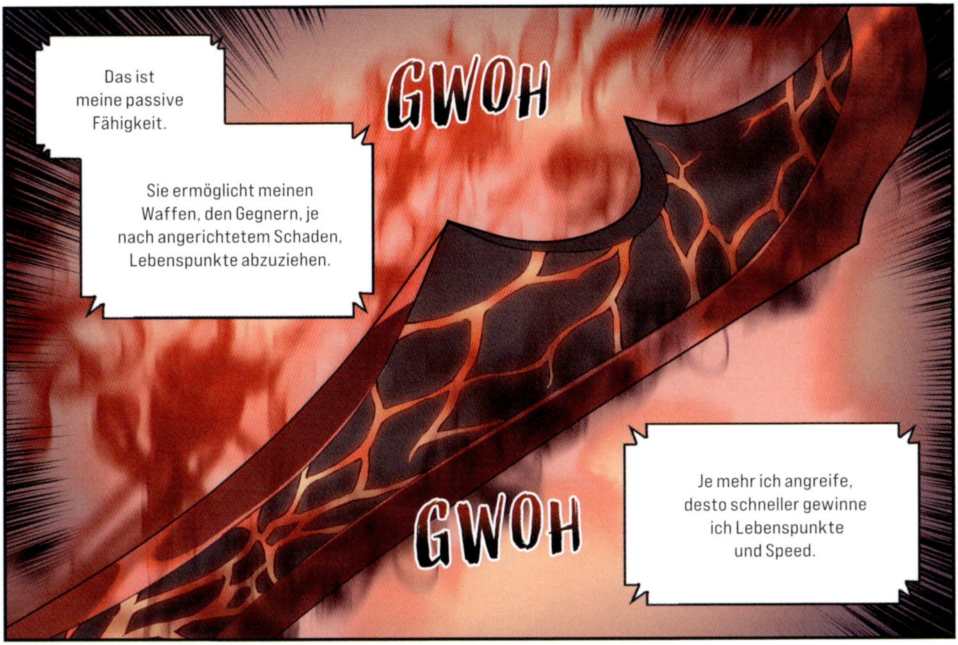

Das ist meine passive Fähigkeit.

Sie ermöglicht meinen Waffen, den Gegnern, je nach angerichtetem Schaden, Lebenspunkte abzuziehen.

GWOH

GWOH

Je mehr ich angreife, desto schneller gewinne ich Lebenspunkte und Speed.

A... Aber ich habe noch nie von so etwas gehört ...

GWOH

Natürlich nicht. Ich habe diese Fähigkeit erst vor drei Monaten erhalten.

GWOH

»Blood Warrior«.

Das ist der Name meiner neuen Epischen Klasse*.

* Epische Klasse: Zwei Klassen unterhalb der Legendären.

Eine weitere versteckte Klasse.

Und noch dazu kann er mit ihr so viele Level aufsteigen.

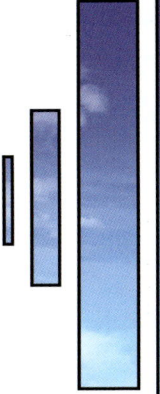

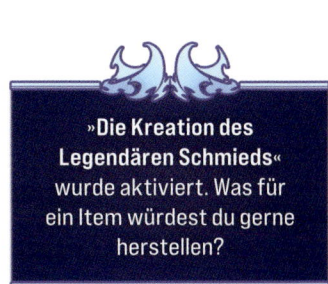

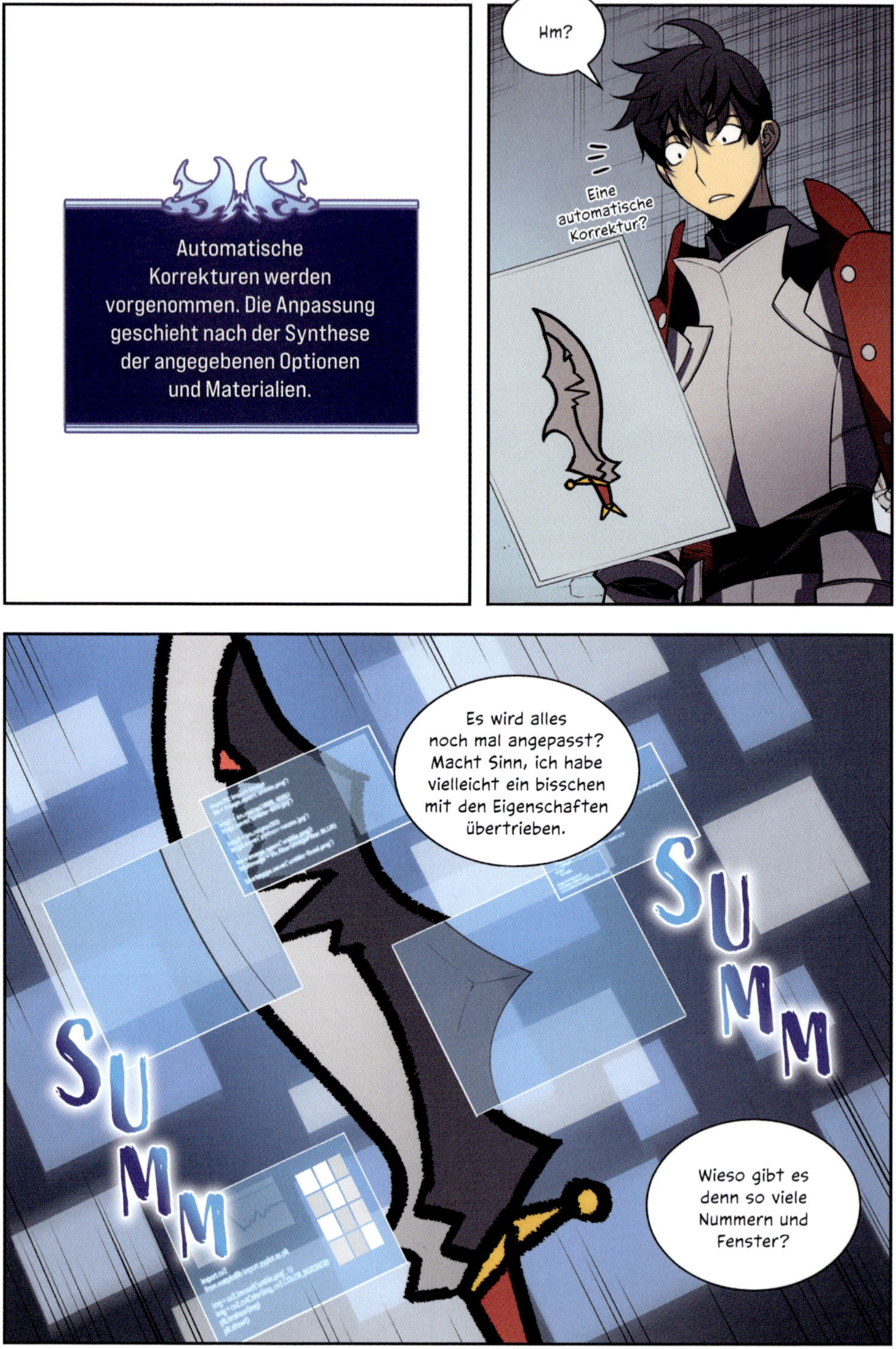

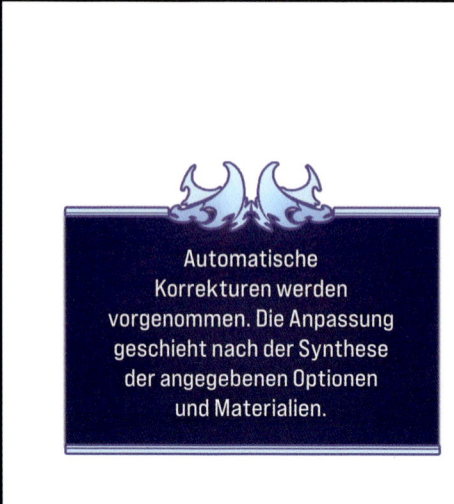

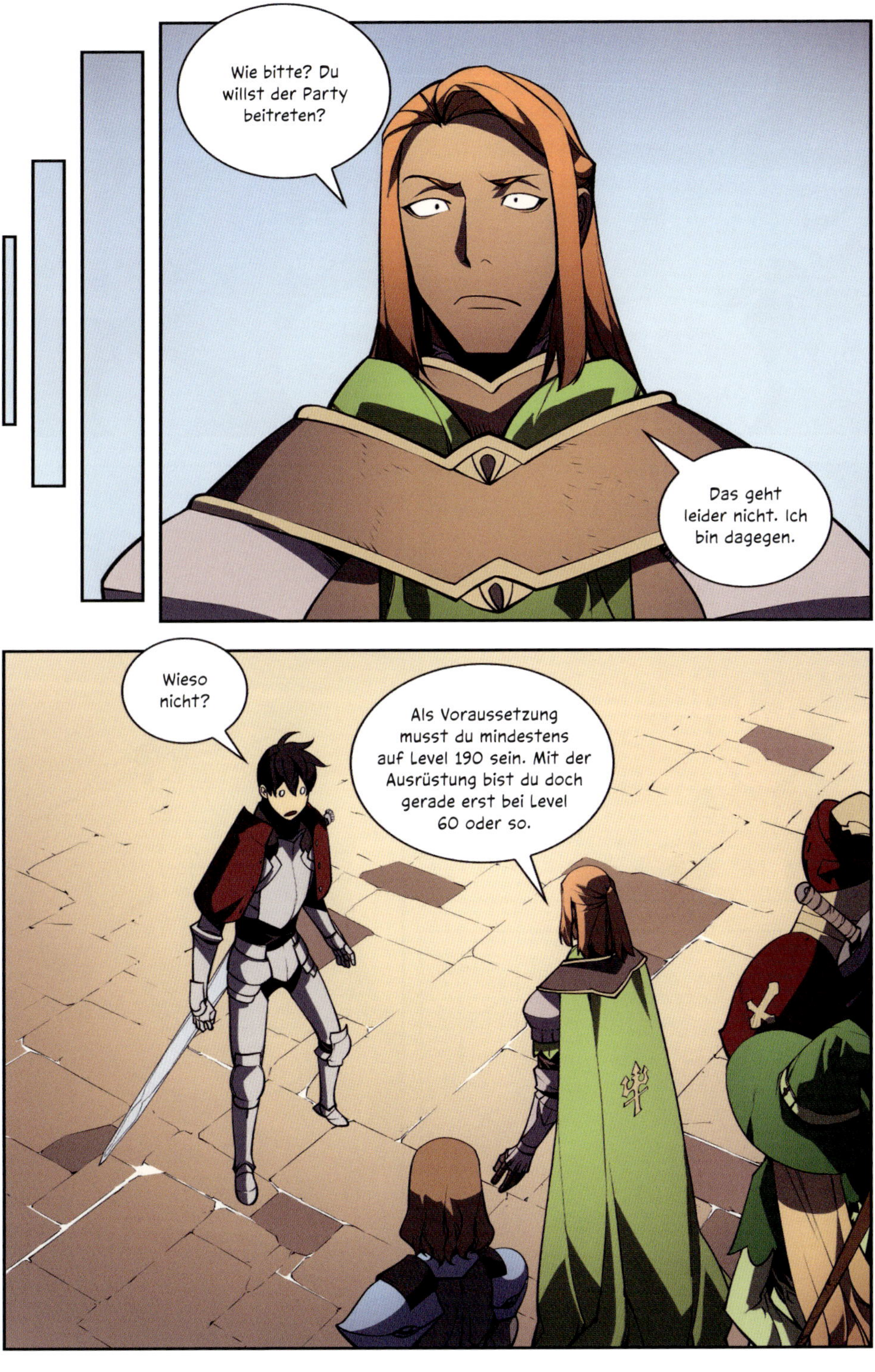

Wie bitte? Du willst der Party beitreten?

Das geht leider nicht. Ich bin dagegen.

Wieso nicht?

Als Voraussetzung musst du mindestens auf Level 190 sein. Mit der Ausrüstung bist du doch gerade erst bei Level 60 oder so.

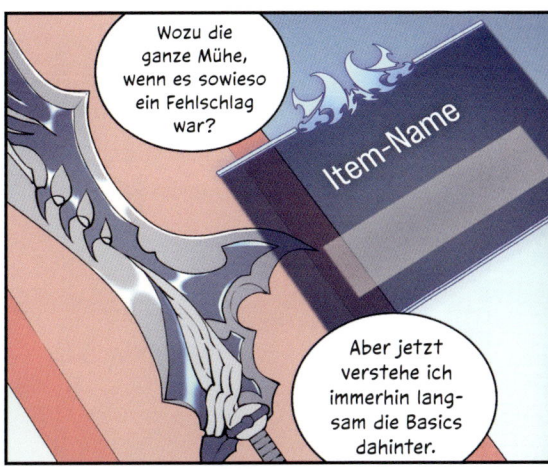

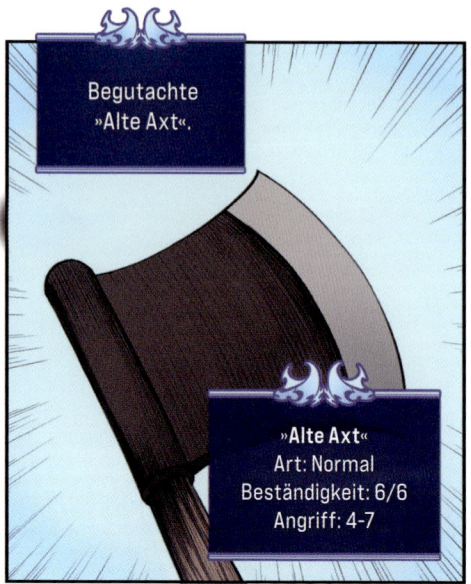

KRACK

Wow, mit einem Schlag?! Das mit dem »Verständnis« ist ja voll der Hammer!

Ha ha ha ha

Wenn ich 100 % Verständnis für ein Legendäres Item bekomme, könnte ich schon bald reich werden!

Das Feuerholz krieg ich in null Komma nichts gehackt!

KRACK
KRACK
KRACK

DA DAMM

»**Geduld**«

Du hast Durchhaltevermögen bewiesen.
Die Gewichtsgrenze der Ausrüstung wurde erhöht.
Das Sättigungsgefühl wurde erhöht.
* Bei +10 »Geduld« erhält »Willenskraft«
1 Punkt dazu.

Wow! Gehört die Fähigkeit etwa zu meiner **Legendären** Klasse?!

Statt der Erschöpfung bin ich wieder voller Energie.

Also gut, ich schaffe das. Bringen wir es zu Ende!

PFAH

Smiths Schmiede

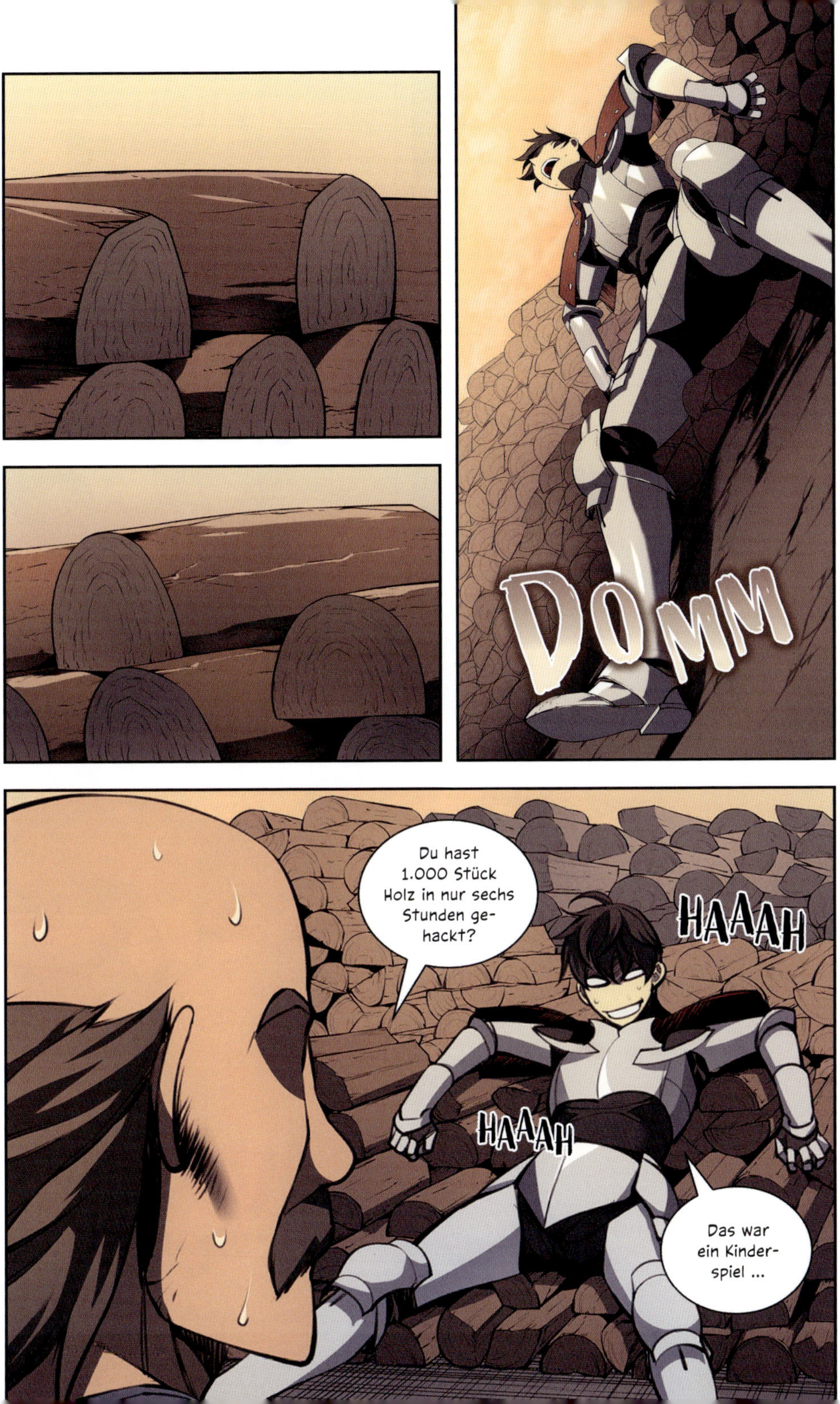

Du hast das nächste Level erreicht. Die Strafe des Minuslevels wurde aufgehoben. Alle Werte werden in ihrem ursprünglichen Zustand wiederhergestellt.

Die Basiswerte von »Pagmas Nachfolger« wurden angewendet.

Username: Grid
Level: 1 (45/100)
Klasse: Pagmas Nachfolger
Titel: Der, der zur Legende wurde

LP: 280/280 MP: 75/75
Stärke: 20+5 Ausdauer: 18 Agilität: 12
Intelligenz: 25 Geschicklichkeit: 50
Geduld: 16 Gelassenheit: 10 Willensstärke: 10
Würde: 10 Scharfsinn: 10
Statuspunkte: 40
Gewicht: 3.035/820

Die Statuspunkte bei Level 1 sollten normalerweise insgesamt auf 22 kommen ...

Endlich ... Ich bin endlich wieder auf dem 1. Level.

... aber Pagmas Nachfolger hat 165 ...?

Wenn ich Geduld, das vorhin hinzugefügt wurde, und Willenskraft dazuzähle, dann sind das ganze 182 Punkte!

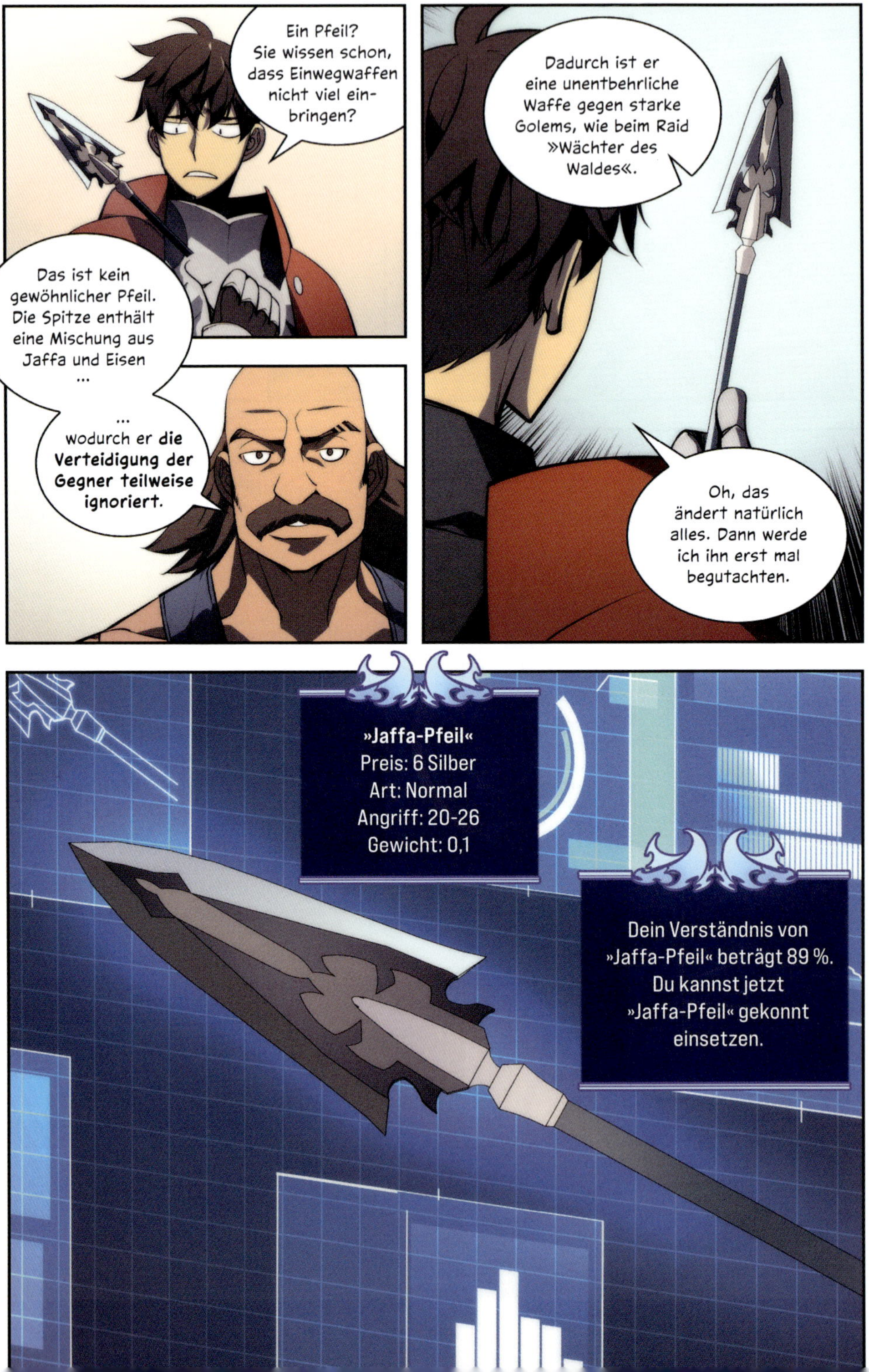

Das geht schon, ich mach sie einfach selbst.

Hm?

Da mein Verständnis auf 100 % ist, wurde auch die Herstellung für den Schaft hinzugefügt.

Item-Herstel
- Niete
- Alte Axt
- Spitzhacke
- Jaffa-Pfeil
  └ Metallverhältnis
  └ Herstellungsmethode
  └ Schaft

Und das alles nur durchs Zuschauen.

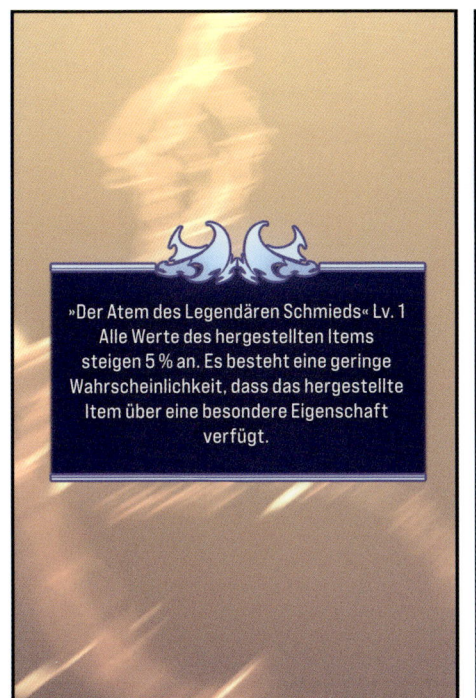

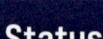

Status

Username: Grid
Level: 3 (75/500)

Klasse: Pagmas Nachfolger
Titel: Der, der zur Legende wurde
LP: 336/336
MP: 87/87
Statuspunkte: 60
Gewicht: 3.095/20

Stärke: 24+5 Ausdauer: 22 Agilität: 16
Intelligenz: 29 Geschicklichkeit: 55 Geduld: 21
Gelassenheit: 14 Willenskraft: 16 Würde: 14
Scharfsinn: 14

Fähigkeit

»Der Atem des Legendären Schmieds« Lv. 1

Bei hoher Konzentration bei der Herstellung eines Items geht der Wille von Pagmas Nachfolger auf dieses Item über.
Alle Werte des Items steigen 5 % an. Es besteht eine geringe Wahrscheinlichkeit, dass das hergestellte Item über eine besondere Eigenschaft verfügt.

Toban!

TSCHACK

Toban
Mitglied der
Tzedakah-Gilde

Vantner!

WUUSCH

Vantner
Mitglied der
Tzedakah-Gilde

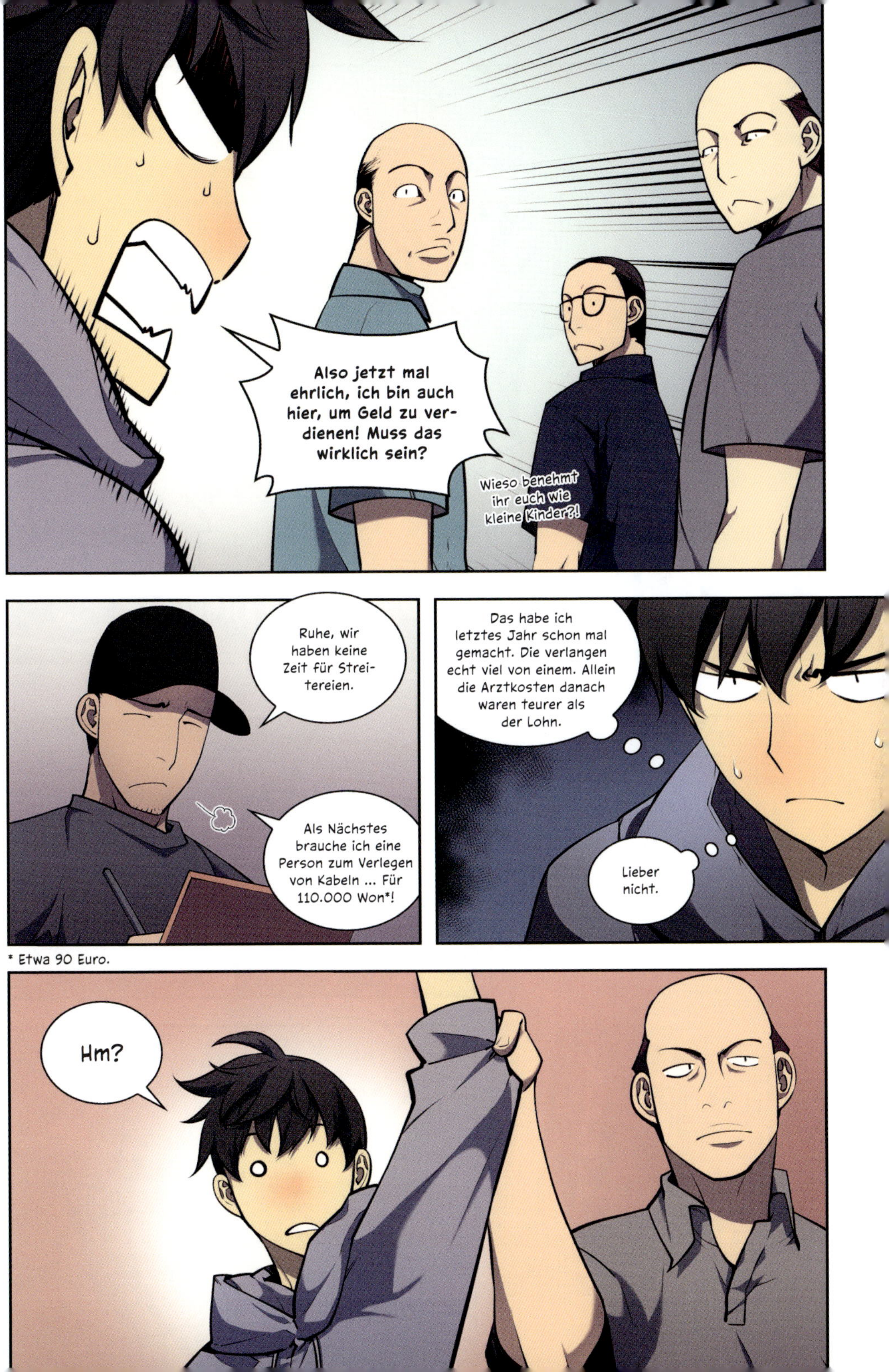

* Etwa 90 Euro.

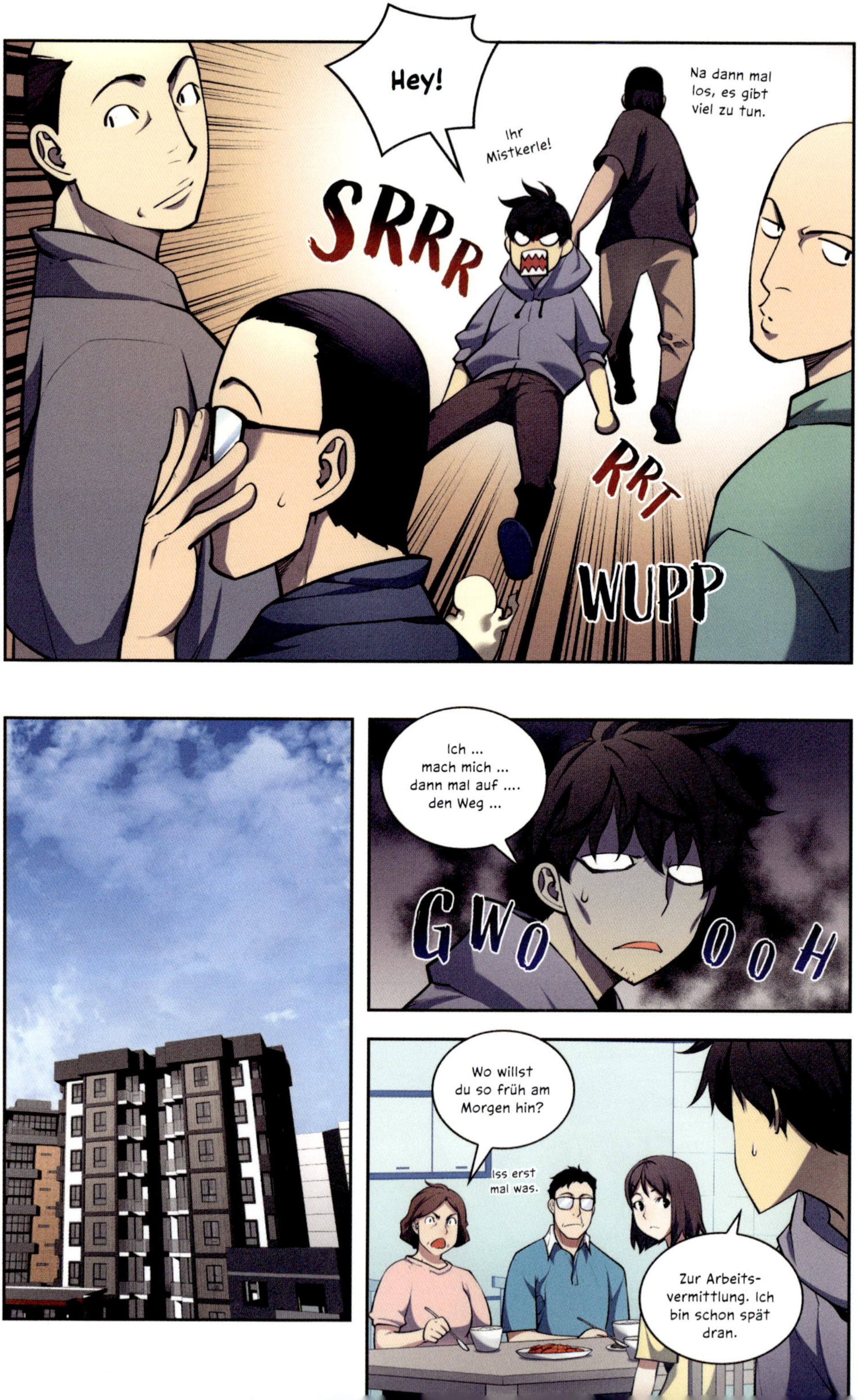

Lädt

Es ist echt schön, sich ein wenig zu erholen und dann zu spielen ...

Aber nachdem ich meine Schulden zurückgezahlt habe, sind meine Ersparnisse gleich null ...

SCHUMM

HACH

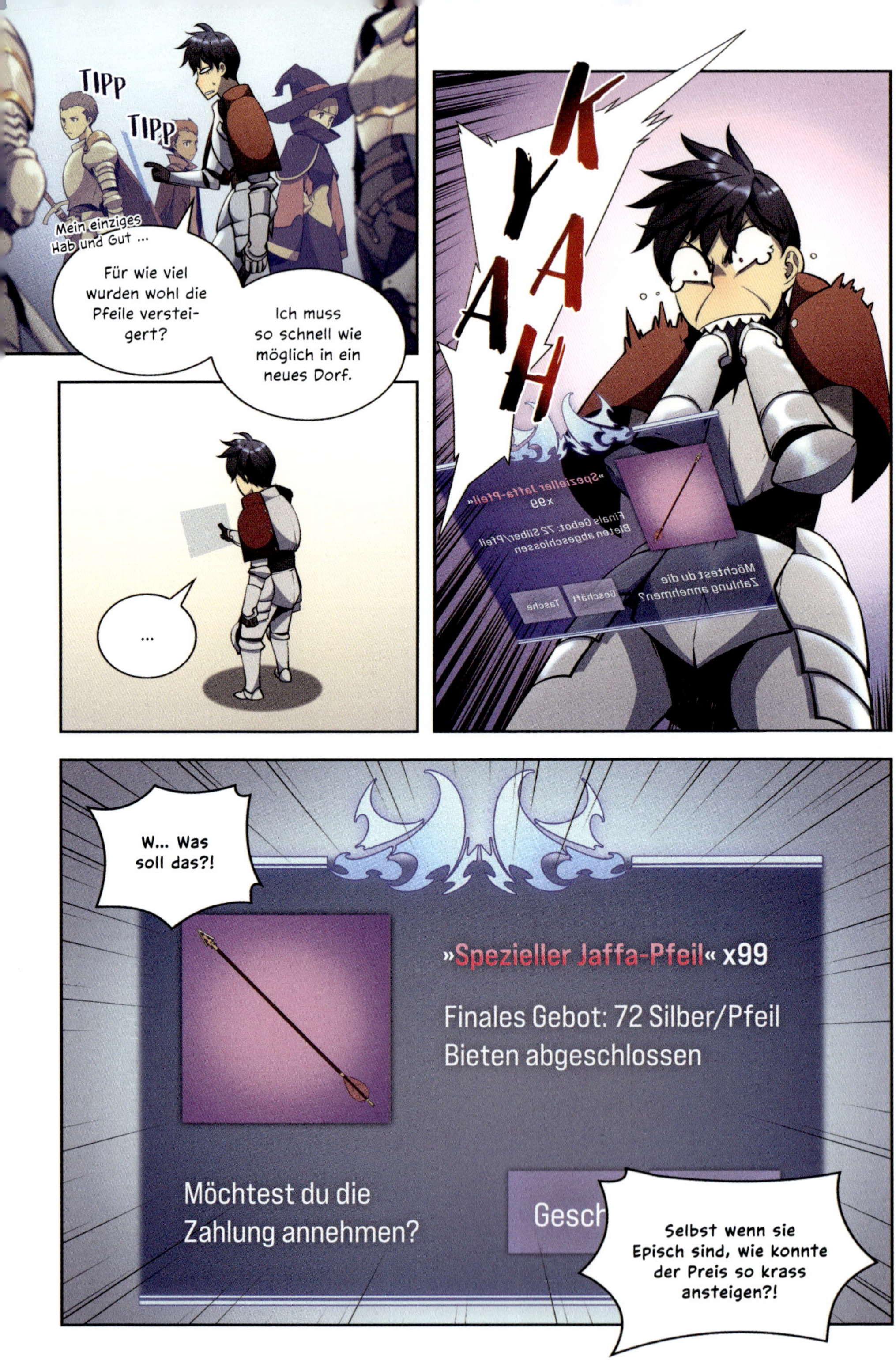

* Etwa 80 Euro und 55 Euro.

Wir sind fast da. Kannst du es sehen?

Endlich bin ich hier!

Status

Username: Grid
Level: 3 (75/500)

Klasse: Pagmas Nachfolger
Titel: Der, der zur Legende wurde
LP: 336/336
MP: 87/87
Statuspunkte: 60
Gewicht: 3.095/20

Stärke: 24+5 Ausdauer: 22 Agilität: 16
Intelligenz: 29 Geschicklichkeit: 55 Geduld: 21
Gelassenheit: 14 Willensstärke: 16 Würde: 14
Scharfsinn: 14

* »Die Kreation des Legendären Schmieds«
Verfügbar 2/3

* Die Wahrscheinlichkeit, dass einem Gegenstand während seiner Herstellung ein zusätzlicher Effekt hinzugefügt wird, steigt.
* Die Wahrscheinlichkeit einer Verstärkung des Items steigt.
* Du kannst dich mit sämtlichen Items uneingeschränkt ausrüsten. Es können allerdings je nach den Beschränkungen eines Items Strafen vergeben werden.
* Die Wahrscheinlichkeit, dass dein Ruhm sich verbessert und der Betrag, der daraus entsteht, steigt.
* Die Wahrscheinlichkeit, dass dein Charme sich verbessert und der Betrag, der daraus entsteht, steigt.

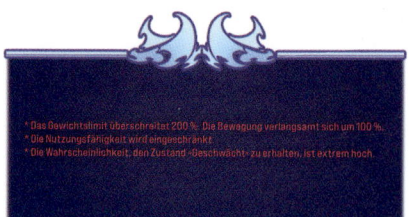

* Das Gewichtslimit überschreitet 200 %: Die Bewegung verlangsamt sich um 100 %.
* Die Nutzungsfähigkeit wird eingeschränkt.
* Die Wahrscheinlichkeit, den Zustand »Beschwört« zu erhalten, ist extrem hoch.

Inventar

»Mittlerer Trank« x34
Effekt: +1.500 Lebenspunkte
Cool-down: 20 Sekunden
Ein Trank, der aus fünf oder mehr Arten von Heilkräutern hergestellt wird.

»Hoher Trank« x27
Effekt: +4.500 Lebenspunkte
Cool-down: 20 Sekunden
Ein Trank, der aus zehn oder mehr Arten von Heilkräutern hergestellt wird.

»Mittlerer Agilitätstrank« x2
Effekt: + 50 Agilität für 5 Minuten
Ein Trank, der durch die Kombination von Harpyienblut und Heilkräutern hergestellt wird.

»Mittlerer Stärkungstrank« x2
Effekt: + 50 Stärke für 5 Minuten
Ein Trank, der durch die Kombination von Ogerblut und Heilkräutern hergestellt wird.

»Jaffa-Barren« x3
Ein Barren, der durch die Schmelzung von Jaffa-Erz hergestellt wurde. Seine Langlebigkeit und Stärke sind schwach. Die Eigenschaften verändern sich jedoch, wenn der Barren mit Stahl verbunden wird.

»Spezieller Jaffa-Pfeil«
Art: Episch
Angriff: 35-42
Ein Pfeil angefertigt von einem Meisterhandwerker, der zwar sehr viel Potenzial zeigt, dem es aber noch an Erfahrung und Ruhm fehlt. Durch die Mischung von Jaffa und Stahl hat der Pfeil eine extreme Durchschlagskraft und ignoriert einen Teil der gegnerischen Verteidigung.
* Verfügt über eine gewisse Wahrscheinlichkeit, die gegnerische Verteidigung vollständig zu umgehen.

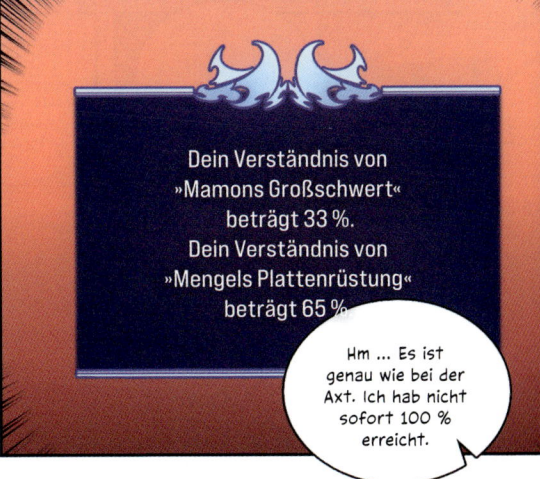

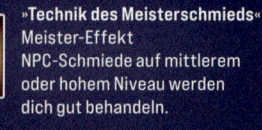

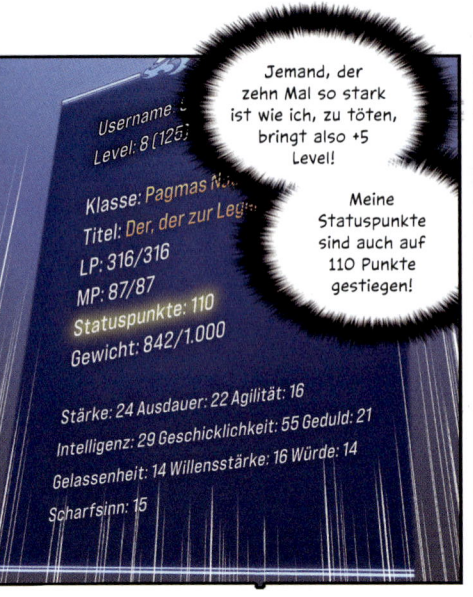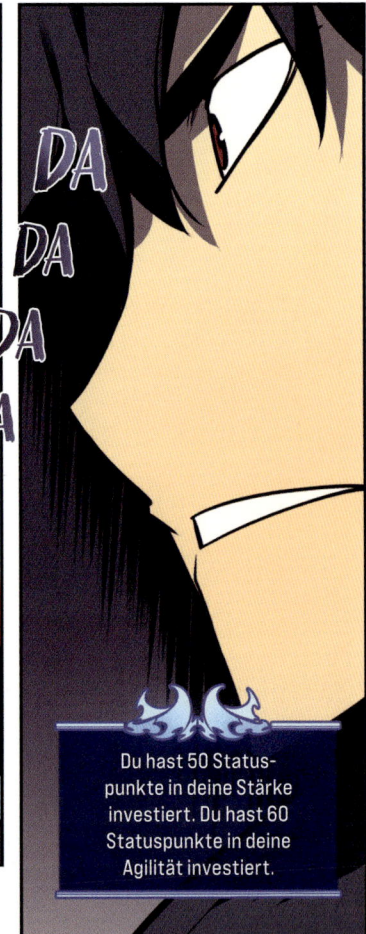

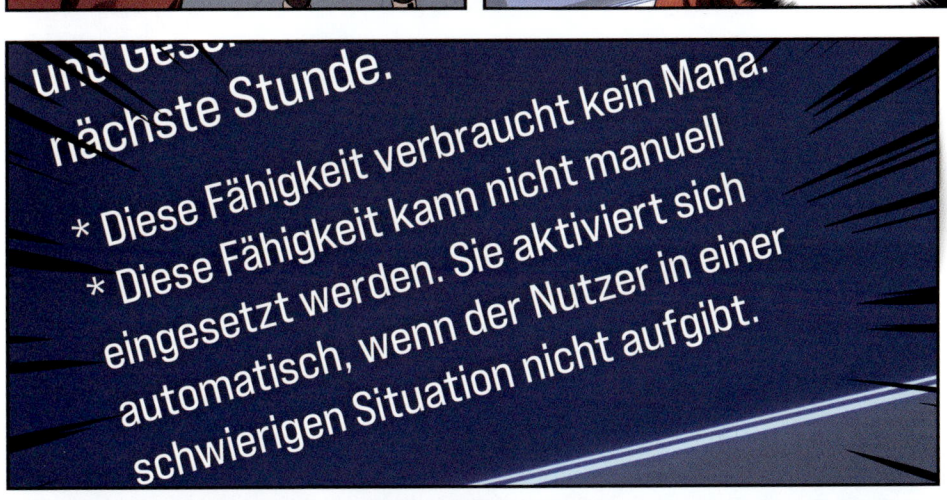

Es hat nicht funktioniert! Die Fähigkeit, auf die ich gesetzt habe, hatte eine Aktivierungsvoraussetzung!

Los, auf ihn!

Du hast 200 Schaden erlitten.

ZASCH

WUSCH

BWUMM

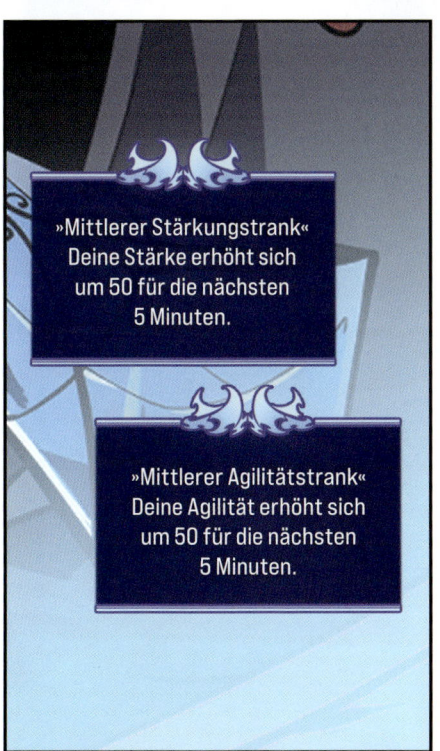

GWATZ

Ein gebündelter Angriff! Selbst mit der Stärkung halte ich das nicht durch!

GWATZ

GWATZ **GWATZ**

Ich brauche wenigstens etwas Zeit, um mein Bein zu heilen!

SCHRRR

TRR

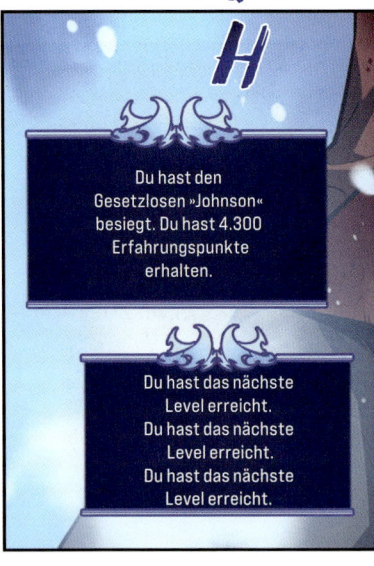

Status

Username: Grid
Level: 8 (125/1.400)

Klasse: Pagmas Nachfolger
Titel: Der, der zur Legende wurde
LHP: 316/316
MP: 87/87
Statuspunkte: 110
Gewicht: 842/1.000

Stärke: 24 Ausdauer: 22 Agilität: 16
Intelligenz: 29 Geschicklichkeit: 55 Geduld: 21
Gelassenheit: 14 Willensstärke: 16 Würde: 14
Scharfsinn: 15

* »Die Kreation des Legendären Schmieds«
Verfügbar 2/3

* Die Wahrscheinlichkeit, dass einem Gegenstand während seiner Herstellung ein zusätzlicher Effekt hinzugefügt wird, steigt.
* Die Wahrscheinlichkeit einer Verstärkung des Items steigt.
* Du kannst dich mit sämtlichen Items uneingeschränkt ausrüsten. Es können allerdings je nach den Beschränkungen eines Items Strafen vergeben werden.
* Die Wahrscheinlichkeit, dass dein Ruhm sich verbessert und der Betrag, der daraus entsteht, steigt.
* Die Wahrscheinlichkeit, dass dein Charme sich verbessert und der Betrag, der daraus entsteht, steigt.

Quest

»Die Wut des Schmieds (B)«

Als Pagmas Nachfolger hast du sowohl Pagmas Willen als auch seine Techniken geerbt. Du teilst Pagmas humanitäre Ideologie, welche besagt, dass die Schmiedekunst anderen Leuten zugutekommen soll. Du kannst der Firma Mero und deren Handlangern, die diesen alten und machtlosen Schmied unterdrückt haben, niemals vergeben.
Hilf dem Schmied Kahn, der auf die Tricks der Firma reingefallen ist und alle seine Kunden verloren hat.

Bedingung: Werde die Handlanger der Firma Mero los und zerstöre den Vertrag.
Belohnung: Kahns Alkoholsucht wird sich verbessern, maximale Sympathie von Kahn.

Belohnung bei Annahme der Quest: Die Fähigkeit »Die Wut des Schmieds« wird freigeschaltet.
Bei Nichterfüllung: Kahn wird nach ein paar Tagen sterben und alle Quests, die mit ihm in Verbindung stehen, werden verschwinden.

* Kahn war ursprünglich ein ausgezeichneter Schmied. Doch nachdem sein Geschäft durch die Tricks der Firma Mero ruiniert wurde und er dadurch in Stress geriet, fand er sich in der Alkoholsucht wieder.
Zurzeit ist er nicht mehr als ein inkompetenter alter Mann. Sobald er sich allerdings von seiner Alkoholsucht erholt hat, wird er mit Sicherheit seinen Status als großartiger Schmied wiedererlangen. Von diesem Zeitpunkt an wird er dein Talent erkennen und dir zur Seite stehen.

Fähigkeiten

»Die Wut des Schmieds« Lv. 1
+10 % Angriff und +30 % Angriffsgeschwindigkeit für 20 Sekunden
Cool-down: 60 Sekunden

»Die Ausdauer des Legendären Schmieds« Lv. 1
+200 % auf LP, Verteidigung und Geschicklichkeit für die nächste Stunde

* Diese Fähigkeit verbraucht kein Mana.
* Diese Fähigkeit kann nicht manuell eingesetzt werden. Sie aktiviert sich automatisch, wenn der Nutzer in einer schwierigen Situation nicht aufgibt.

Deutsche Ausgabe / German Edition
Altraverse GmbH – Hamburg 2024
Aus dem Koreanischen von Michael Gutzeit

© Team Argo, Monohumbug(REDICE STUDIO), Saenal 2020 / REDICE STUDIO
All Rights Reserved
German translation © Altraverse GmbH
German translation rights arranged with RIVERSE Inc.

Redaktion: Esther Hornbrook
Herstellung: Esra Doğan
Lettering: Vibrant Publishing Studio

Druck: Print Best OÜ, Viljandi

Alle deutschen Rechte vorbehalten.
ISBN 978-3-7539-2254-6
1. Auflage 2024

www.altraverse.de